Karl Seidenadel

Kallinos, Tyrtaeos und Solon

Karl Seidenadel

Kallinos, Tyrtaeos und Solon

Unveränderter Nachdruck der Originalausgabe von 1868.

1. Auflage 2022 | ISBN: 978-3-37506-206-4

Verlag: Salzwasser Verlag GmbH, Zeilweg 44, 60439 Frankfurt, Deutschland
Vertretungsberechtigt: E. Roepke, Zeilweg 44, 60439 Frankfurt, Deutschland
Druck: Books on Demand GmbH, In de Tarpen 42, 22848 Norderstedt, Deutschland

Kallinos, Tyrtaeos

und

Solon,

in den Versmaßen der Urschrift übersetzt

von

Dr. Karl Seidenadel,

Professor.

(Beigabe zum Programme des Gymnasiums in Bruchsal.)

Bruchsal.
Buchdruckerei von L. Rodrian.
1868.

Einstmals galt Dieses für Weisheit,
Staatsgut, Eigenbesitz, und Gemeines und Heil'ges zu scheiden,
Hemmend das schwärmende Lager Gebote für Gatten zu geben,
Städte zu bau'n und in Tafeln von Holz die Gesetze zu graben.
So kam Ehre herab auf die göttlichen Sänger und Name
Und auf die Sänge zugleich. Drauf schärft' der erhab'ne Homeros
Und Tyrtäos den männlichen Sinn zu martischen Kriegen
Durch des Gesangs Versreih', und im Lied ward verkündet das Schicksal
Wurden die Wege des Lebens gezeigt. —

                                  Hor. a. p. 396 ff.

Vorwort.

Unserer Uebersetzung der Bruchstücke des Simo-
nides von Keos folgt auf demselben Wege nun die hier
gegebene der Ueberreste des Kallinos, Tyrtäos und
Solon. Benützt wurden hiebei die Texte von Nikolaus
Bach, Schneidewin im *Delectus poetarum elegiacorum
graecorum,* und Bergk in den *Poetae lyrici graeci;* in der
Anordnung der Bruchstücke folgten wir letzterer. Die
auf das Nöthigste eingeschränkte Einleitung, zu welcher
ausser den alten Quellen Grote's Geschichte Griechen-
lands, Bernhardy's Grundriss der griechischen Literatur,
Pauly's Realencyclopädie der klassischen Alterthums-
wissenschaft, Schömann's griechische Alterthümer, Böckh's

Staatshaushaltung der Athener u. A. berathen wurden, mag in dem allgemeineren Zwecke einer solchen Gelegenheitsschrift ihre Rechtfertigung finden.

Möge das Bestreben, solche im grossen hellenischen Dichterhaine verborgeneren Blüthen aufgesucht und in den Garten unsrer edlen Muttersprache neu verpflanzt zu haben, ein Bestreben, dem wir in unsern Mussestunden mit Liebe oblagen, nicht verkannt werden.

Seidenadel.

Einleitung.

I. Kallinos.

Kallinos aus Ephesos lebte wahrscheinlich um die Mitte des achten Jahrhunderts v. Chr.; Andre setzen ihn erst in das folgende Jahrhundert. Wenn er auch nicht, wie oft geschehen, als Erfinder der elegischen Dichtung bezeichnet werden kann, die bei ihm schon eine Vollendung zeigt, welche eine längere Anwendung voraussetzt, so muss er doch mit Archilochos als einer der frühesten Dichter in dieser Versart betrachtet werden. Seine Elegien hatten einen patriotischen Charakter. Wir besitzen indess nebst drei ganz spärlichen Ueberresten nur noch ein grösseres Bruchstück von demselben, welches uns den Geist seiner von glühender Vaterlandsliebe getragenen Poesie ahnen lässt. In diesem feuert er die jungen Bürger seiner Vaterstadt Ephesos zum Kampfe gegen äussere Feinde an. Solche waren aber sowohl die Magnesier, als auch die Kimmerier und Trerer. Die Kimmerier wohnten an den Küsten des schwarzen Meeres, besonders auf der Insel Krimm, westlich von ihnen die thrakischen Trerer. Beide machten, von den Skythen bedrängt, wahrscheinlich in Gemeinschaft mit einander, häufige Einfälle in Kleinasien bis nach Aeolis und Ionien. Auf sie beziehen sich die Bruchstücke 3 und 4; ob auch das grössere Bruchstück

1, sowie 2, auf den Kampf gegen sie, oder vielmehr gegen die Magnesier zu beziehen ist, kann nicht ermittelt werden. Doch sind wir eher geneigt, auch diese auf den Kampf mit jenen durch Morden, Plündern und Brennen furchtbaren Schaaren der Kimmerier oder Trerer zu beziehen; gegen welche, nach Bruchstück 1, V. 2 und 4 zu schliessen, „die Umwohnenden" alle schon sich unter die Waffen zu dem „das gesammte Land" bedrohenden Krieg gestellt zu haben scheinen, während man in Ephesos noch saumselig ist. Bezöge es sich nur auf eine Fehde zwischen den zwei Nachbarstädten Ephesos und Magnesia, so dürfte jene Hinweisung auf die Umwohnenden als zu weit greifend bezeichnet werden.

Die Fundorte dieser Bruchstücke sind: Stobäos' Anthologie (Bruchst. 1) und Strabon (Br. 2, 3, 4).

II. Tyrtäos.

Tyrtäos, des Archembrotos Sohn, lebte im siebenten Jahrhundert v. Chr. zur Zeit des zweiten messenischen Krieges (s. weiter unten). In Betreff seines Geburtsortes weichen die Nachrichten der Alten auseinander; gewöhnlich wird er ein Athener genannt. Am ausführlichsten erzählt über ihn Pausanias. Nach ihm hätten die Lakedämonier nach einem unentschiedenen Treffen im Beginne des zweiten messenischen Krieges das delphische Orakel befragt; dasselbe habe sie an die Athener verwiesen, und diese hätten ihnen einen kriegs-

unkundigen lahmen Schulmeister, den Tyrtäos, geschickt,
welcher die Lakedämonier durch seine elegischen und
anapästischen Gedichte zu neuen Siegen angefeuert habe.
Dies ist die gewöhnliche Erzählung, welche theilweise
wenigstens am frühesten in Platon's Buch über die Gesetze berührt wird, wo Tyrtäos ein Athener von Geburt und Bürger der Lakedämonier heisst, sodann
wieder in der Rede des Lykurgos gegen Leokrates, und
endlich von Diodoros, Plutarchos, Pausanias, Justinus,
Themistios u. A. nacherzählt wird. Nach Strabon
aber war er aus Aphidnae in Attika; Suidas dagegen,
welcher genaue Quellen gehabt zu haben scheint, und
bei dem allein auch der Vater des Tyrtäos genannt wird,
nennt ihn einen Lakonier oder Milesier. Tyrtäos selbst
bezeichnet sich offenbar als einen Lakonier in Bruchstück 1, wo er sich den Herakliden beizählt, sowie in
Br. 4, wo er von „unserem Könige Theopompos" spricht.
Durfte sich nun zwar Tyrtäos, nachdem er seiner grossen
Verdienste wegen mit dem spartanischen Bürgerrechte
beschenkt worden war, schon desshalb einen Lakonier
nennen, so schliesst die andere Angabe, dass er von
Aphidnae gewesen, welchen Namen nicht nur ein
Städtchen in Attika, sondern auch eines in Lakonien,
wie Stephanos aus Byzanz berichtet, getragen haben
soll, immerhin die grosse Wahrscheinlichkeit in sich,
dass er auch von Geburt ein Lakonier gewesen sei.
Eine sagenhafte Entstellung scheinen aber die ihm bei-
gelegten Attribute eines „kriegsunkundigen, lahmen
Schulmeisters" zu sein. Dass Tyrtäos nicht blos die
Leier, sondern auch das Schwert gehandhabt, dass er
Führer der Spartaner gewesen, berichtet schon der eine der
zwei ältesten Zeugen, Lykurgos. Hätten die Spartaner
aber einem kriegsuntüchtigen und dazu noch lahmen
Fremdling sich anvertraut? Hätte man gerade in Sparta

diesen angeblichen körperlichen Fehler in jener früheren
Zeit wenigstens so leicht übersehen? Als Hera einst ihr
liebes Kind, den hinkenden Hephästos, den sie dem
wirbelnden Xanthos im Kampfe vergleicht, dem Achilleus
zu Hilfe sandte (Jl. 21, 331), da mochte die Mutter
wohl an dem Göttersohne einen solchen Körperfehler
übersehen; die Spartaner hätten ihn an einem athenischen
Schulmeister, (διδάσκαλος γραμμάτων, Paus. IV., 15, 6), der
ihr Führer sein sollte, trotz aller Orakel kaum übersehen.
Gab es endlich in jener frühen Zeit schon solche Schulmeister in Athen? Die zwei ältesten Zeugen wissen von
diesen Attributen nichts; sie werden nur von den spä-
teren Lobeserhebern Athens gebraucht.   Dass   die
Athener freilich Tyrtäos gern zu einem Landsmanne
machten, ist bei ihrer Eitelkeit und Eifersucht auf Sparta
leicht erklärlich, ohne dass man darum den Neid ganz
verhüllen zu können schien, der ihn schliesslich zu einem
kriegsunfähigen und lahmen Schulmeister degradiren
musste.   Nach unserer Ansicht gab hiezu vielleicht der
Umstand Veranlassung, dass Tyrtäos, ein kriegerischer
Barde, einerseits der spartanischen Jugend seine Gesänge
vortrug, sonach als Lehrer auftrat, und anderseits, dass
die messenischen Kriege durch den Heldenmuth der
Messenier lange genug währten, bis die Spartaner endlich ihr Ziel erreichten; so dass der Vorwurf der lahmen
Kriegsführung, wie ungerecht er auch sein mochte, im
zweiten Kriege auf Tyrtäos übertragen wurde. Und so
hätten wir denn diese beiden Thatsachen auf die Eine
Person des Tyrtäos als eines kriegsunkundigen, lahmen
Schulmeisters übertragen; und es bedarf nicht jener
künstlicheren Erklärung Thiersch's, der die Eigenschaft
„lahm" auf das elegische Versmass mit seinem nachhin-
kenden Pentameter bezog. — Welches übrigens auch
Tyrtäos' Geburtsort gewesen, er fühlte sich durchaus

als Spartaner, gedenkt mit Stolz der Vorzeit Sparta's (Bruchstück 1), preist, wie ein ächter Spartiate, die Verfassung des Staates (Br. 2 und 3), feiert die über die Messenier errungenen Siege (Br. 4, 5, 6) und entflammt die Jugend zum ferneren Kampfe gegen die Feinde (Br. 7--13). Auch um die inneren Verhältnisse Sparta's machte er sich verdient, wie aus Aristoteles' Politik V., 6 und Pausanias IV., 18, 2 hervorgeht, indem er, als von Seiten Solcher, die durch den messenischen Krieg gelitten hatten, eine Ackervertheilung verlangt wurde, die inneren Stürme zu beschwichtigen suchte; hierauf scheinen sich auch die schon erwähnten Bruchstücke 2 und 3 zu beziehen.

Seine Gedichte werden von den Alten eingetheilt: 1. in solche über die Staatsverfassung der Spartaner, zu welchen auch die über die messenischen Kriege gestellt werden (Bruchst. 1—6); 2. in Lehrgedichte zur Weckung des Kampfmuthes der Jugend (Br. 7—11), diese scheint der Dichter selbst der Jugend vorgetragen zu haben; beide Arten sind im elegischen Versmasse gedichtet; 3. in Schlachtgesänge im anapästischen Versmasse (Br. 12 und 13), welche nach dem Zeugnisse des athenischen Redners Lykurgos die Jugend, bevor sie zum Kampfe schritt, vor dem Zelte des Königs anhören, oder nach Philochoros (bei Athenäos XIV.) im Wechselgesange vor dem Kampfe sowohl, als bei den Mahlzeiten vortragen mussten. — Nicht blos in Sparta aber wurden die Lieder des Tyrtäos gesungen, auch nach Athen und insbesondere nach Kreta, das eine der spartanischen ähnliche Verfassung hatte, wanderten sie über. Ob seiner patriotischen Poesie war darum Tyrtäos im Alterthum hochgefeiert. Nach Plutarchos nannte Leonidas, der Held der Thermopylen, Tyrtäos einen tüchtigen Mann, den Gemüthern der Jünglinge zu schmeicheln, und Platon nennt ihn einen weisen und guten, einen göttlichen Dichter. — Nicht unerwähnt bleibe, dass die Aechtheit der tyrtäischen Gedichte insbesondre durch Thiersch in Zweifel gezogen wurde, indem derselbe das Gedicht über das Staatswesen der Spartaner, das nach Strabon ein einzelnes Buch war, als ein Werk verschiedener Rhapsoden und verschiedener Zeiten erklärt; den Lehrgedichten aber unter Anderem einen ganz allgemeinen Charakter beilegt, insbesondre jede persönliche Beziehung zu dem Dichter oder zu dem messenischen Kriege darin vermisst. —

Was schliesslich die zwei Kriege der Spartaner mit den Messeniern betrifft, so waren dieselben ursprünglich durch Grenzstreitigkeiten veranlasst worden. Der erste währte zwanzig Jahre, von 743—723 (oder nach Duncker von 730—710), in welchem die Spartaner nach säumiger Führung während der ersten Jahre, wesshalb sie von den Greisen als feige Krieger verspottet wurden, unter den Königen Theopompos und Polydoros, verstärkt durch kretische Bogenschützen, kräftigere Einfälle machten, bis sie nach oft schwankendem Kriegsglücke endlich die Bergfeste Ithome einnahmen und das ganze Land unterwarfen. Hierauf bezieht sich das Bruchstück 4. — Der Druck der Spartaner ruft den zweiten messenischen Krieg hervor, der mit noch grösserer Erbitterung von 685—670 geführt wurde, oder (nach Duncker) wahrscheinlicher von 645—630; denn da nach Bruchstück 4 „die Väter der Väter von uns", d. h. die Grossväter den ersten Krieg geführt hatten, so wäre die Zeit vom ersten bis zum Beginne des zweiten im Jahre 685 als eine viel zu kurze zu bezeichnen.

In diesem zweiten Kriege ragte auf Seite der Messenier der Held Aristomenes, auf Seite der Spartaner der Dichter und Held Tyrtäos hervor. Oft schwankt wieder das Kriegsglück, auch die Spartaner erleiden empfindliche Verluste und verzagen, werden aber von Tyrtäos zu neuem Muth entflammt, zu neuen Siegen geführt. Die Spartaner werden wieder durch kretische Bogenschützen wacker unterstützt. Im dritten Jahre des Krieges wird Aristomenes durch den Verrath des verbündeten arkadischen Königs Aristokrates geschlagen und wirft sich nun in die Bergfeste Eira, welche erst im elften Jahre der Belagerung eingenommen wird. Aristomenes schlägt sich mit bewunderungswürdigem Heldenmuthe nach Arkadien durch; Messenien wird nun ganz unterworfen und die Einwohner in den Stand der leibeigenen Heloten herabgedrückt. (Vgl. Bruchst. 5).

Erhalten wurden uns die Bruchstücke des Tyrtäos durch: Strabon (1), Diodoros Sic. (2, 3), Plutarchos (3, 11), Pausanias (4, 5, 6) Lykurgos gegen Leokrates (7), Stobäos' Anthologie (8, 9), Galenus (10), Dion Chrysostomos (12), Hephästion (13).

III. Solon.

Solon, des Exekestides Sohn, aus Athen lebte um das Jahr 600 v. Chr. Er stammte aus dem Geschlechte des letzten athenischen Königs Kodros und gehörte hiernach den bevorzugten Geschlechtern der Eupatriden an; mütterlicher Seits war er mit dem nachherigen Tyrannen Pisistratos verwandt. Da seine Vermögensverhältnisse durch die Freigebigkeit seines Vaters bedeutend geschmälert waren, — (vgl. Br. 13) — widmete er sich dem Handelsstande, wodurch er Gelegenheit fand, fremde Länder und Sitten kennen zu lernen. Er war mithin seiner Abstammung nach den Eupatriden, seiner Beschäftigung nach den s. g. Paraliern, Allen aber durch seine Mässigung, hervorragende Einsicht und Leutseligkeit befreundet und durch all dies besonders geeignet, als Vermittler in seiner von wildem Parteigetriebe unterwühlten Heimath aufzutreten. Noch mehr wurde sein Ansehen gesteigert durch den glücklichen Krieg mit Megara um den Besitz der Insel Salamis. Nach mehreren Niederlagen der Athener durch die Megarer war nämlich ein Gesetz erlassen worden, das unter Todesstrafe verbot, die Fortsetzung des Krieges in Anregung zu bringen Solon aber, die Wichtigkeit des Besitzes dieser Insel erkennend, eilte eines Tages in verstellter ekstatischer Aufregung auf den Marktplatz und sang dort vom Steine des Heroldes aus die Elegie ab, von welcher wir nur noch die 3 kleinen Bruchstücke Nr. 1 besitzen. Die Athener, von der ihnen mit eindringlicher Schärfe vorgehaltenen Schmach auf's Neue entrüstet und zum Kampfe begeistert, nahmen den Krieg wieder auf und gelangten unter Solon's Anführung in den Besitz der Insel. Nicht minder wichtig war endlich, dass sein Ansehen auch durch das delphische Orakel gehoben wurde, zu dessen Gunsten er gegen die tempelräuberischen Bewohner von Kirrha einen glücklichen Krieg veranlasst hatte. So wirkte Alles zusammen, um ihn zu der Vermittlerrolle zu befähigen, welche das allgemeine Vertrauen seiner Mitbürger auf ihn übertrug. Es bestanden aber in dieser Zeit in Attika drei heftig sich bekämpfende Parteien: die der Diakrier, d. h. Gebirgsbewohner, zu welchen die verarmte und verschuldete Menge gehörte, sie waren der Demokratie zugethan;

der Pedier, d. h. Bewohner des Flachlandes, zu welchen die
reiche güterbesitzende Aristokratie gehörte, und die der
Paralier, d. h. Küstenbewohner, vorzugsweise aus dem
Handelsstande bestehend, welche eine gemischte Ver-
fassung wollten. Die Regierung war eine oligarchische,
ganz in den Händen der aristokratischen Eupatriden.
Die politischen Streitigkeiten wurden noch vermehrt
durch die grasseste sociale Noth, welche die Masse des
Volkes drückte. Es waren dies theils kleine Eigenthü-
mer, theils ackerbauende Pächter im Dienste der
Reichen, und waren mit Schulden überladen. Jeder
Schuldner aber konnte gerichtlich für den Sklaven des
Gläubigers erklärt werden, Viele wurden selbst genöthigt,
ihre Kinder zu verkaufen, Andre flohen vor ihren harten
Gläubigern in's Ausland (Bruchst. 32). Diese Missstände
hatten sich endlich so gesteigert, dass ein Volksaufstand
zu gewärtigen war — (vgl. Br. 2) — und so sah sich
die herrschende Partei schliesslich selbst genöthigt, wollte
sie nicht Alles auf's Spiel setzen, den Weg des Vergleichs
mit den übrigen Parteien zu betreten. Man wendete
sich an den Mann, der Aller Vertrauen besass, an Solon,
damit er durch Schaffung einer neuen Verfassung und
Gesetzgebung dem drohenden Umsturz aller Ordnung
vorbeuge. Solon übernahm das Vermittleramt, trat im
J. 594 als erwählter Archon Eponymos an die Spitze
des Staates und schuf nun eine auf Timokratie gegründete, durch aristokratische Elemente eingeschränkte demo-
kratische Verfassung, indem er hiebei von dem Grundsatze
ausging, dass alle Bürger nach dem Verhältniss ihres Vermö-
gens und ihrer Bildung an der Verwaltung, den Vortheilen
und Lasten des Staates Theil nehmen sollten. Diese
Verfassung Solons war die nothwendige Grundlage, auf
der am Ende des Jahrhunderts Klisthenes die Demokratie
aufbaute, welche durch Aristides ihre Erweiterung, durch

Perikles ihre Vollendung erhielt. Näher auf dieselbe
einzugehen, ist hier nicht der Platz. Den vermittelnden
Geist der solonischen Gesetzgebung bezeichnen am
besten die Bruchstücke 3 und 4. Erwähnt werde nur,
dass er das schreiendste Missverhältniss der Verarmung
der Masse durch jene berühmte Seisachtheia oder
Schuldenlasterleichterung zu heben suchte, welche wahrscheinlich in einer Erniedrigung des Zinsfusses und Er-
höhung des Geldwerthes bestand; Manche wollen sogar
eine gänzliche Aufhebung aller Schuldverbindlichkeiten
darin finden. In dem hierher gehörigen jambischen
Bruchstücke 32 wird in diesem Betreffe nur erwähnt
die Entfernung der Schuldpfandsäulen — verschuldete
oder verpfändete Grundstücke waren nämlich mit
steinernen Tafeln oder Säulen bezeichnet, auf welchen
der Gläubiger und die Schuldforderung standen —, ferner
erwähnt dasselbe die Befreiung in Sclaverei gerathener
Schuldner und deren Wiedereinsetzung in das Bürgerrecht.
— Nachdem Solon, um der Neuerungssucht der Athener
vorzubeugen, seine Verfassung und Gesetze auf 10 Jahre
hatte beschwören lassen, begab er sich, wohl um manchfachen ferneren Zumuthungen (s. weiter unten) aus dem
Wege zu gehen, auf Reisen. Wir treffen ihn so in
Bruchstück 25 in Aegypten, von wo er sich nach Kypros
— Bruchst. 17 — begab (s. Anmerkung hiezu). Hier
genoss er die Freundschaft des Stadtfürsten von Aepea,
Kypranor oder Philokypros, welchem er den Rath gab,
seine Stadt in der darunter liegenden fruchtbaren Ebene
neu zu gründen. Dieser befolgte den Rath, gab ihr
unter Solon's Mitwirkung eine neue Verfassung, wodurch
die neu gegründete Stadt bald einen grossen Aufschwung
nahm, und soll sie Solon zu Ehren Soloi genannt haben.
Die bekannte hübsche Erzählung von dem Besuche
Solon's bei dem reichen lydischen Könige Krösos, der

die Wahrheit des solonischen Ausspruches: Niemand ist
vor dem Tode glücklich zu preisen, in der Folge erfah-
ren sollte, entbehrt des Anachronismus*) halber der ge-
schichtlichen Begründung. Genaueres über seine Reisen
ist nicht bekannt. Nach langer Abwesenheit kehrte er,
wahrscheinlich um das Jahr 565, wieder nach Athen
zurück und fand seine Vaterstadt auf's Neue in die drei
feindlichen Lager gespalten. Schon von Anfang an
waren die extremen Parteien mit seinen Staatseinrichtungen unzufrieden: die reichen Eupatriden wegen der
Schuldnergesetze, die Armen, weil er keine Güterver-
theilung vorgenommen. Es hatte zwar im Anfang seines
Auftretens nicht an Solchen gefehlt, die ihm riethen,
sich der Tyrannis selbst zu bemächtigen, und die Zügel
straffer anzuziehen; aber an dem reinen Charakter
Solon's prallten diese Versucherreden ab; vgl. Bruchst.
28, 29, 30 und 33. — Einer aber hatte jene Stimmungen
für sich benützt. Der ehrgeizige und listige Pisistratos,
ein Eupatride, hatte der Menge zu schmeicheln gewusst,
und eine sich selbst beigebrachte, wie von den Feinden
des Volkes an ihm wegen Vertheidigung der Volksrechte
verübte Verwundung vollendete die Volksgunst. Er
erhielt eine Leibwache, bemächtigte sich der Burg und
trat als Tyrannos auf im Jahre 560; — vgl. Bruchst. 9.
Vergebens hatte Solon vor ihm gewarnt, man belächelte
ihn wohl, sah in ihm einen Schwarzseher, nannte seine
Warnung wohl gar Raserei, vgl. Bruchst. 7, 8, vielleicht
bezieht sich hierauf auch der Spruch 36. Und als der
wackere Greis zuletzt in voller Rüstung vor die Thüre

(* Krösos wurde im Jahre 595 v. Chr., ein Jahr vor der Gesetzgebung Solon's geboren, 560 v. Chr. wurde er erst König, 546
wurde er durch Kyros gestürzt. Die Erzählung könnte nur etwa
für den königl. Prinzen Krösos Geltung haben.

seines Hauses sich stellte, fand sich Niemand, der sich
ihm anschloss, und nun gab er allen Widerstand auf,
zog sich in die Stille seines Hauses zurück und vollendete hier, von Pisistratos, wie es scheint, theils der
Verwandtschaft, theils des hohen ihn allein schon schützen-
den Alters halber unangefochten, im Alter von 80 Jah-
ren, wahrscheinlich im folgenden Jahre, nachdem
Pisistratos die Alleinherrschaft an sich gerissen, im Jahre
559, sein ehrenreiches Leben, und es durfte so sein
Wunsch, den er in den Versen an Mimnermos ausge-
sprochen — Bruchst. 18 — in Erfüllung gehen. —
Während er so nach Plutarchos in Athen, soll er dagegen
nach Diogenes von Laerte in der Verbannung auf der
Insel Kypros gestorben sein. — Eine eherne Bildsäule
Solon's stand vor der bunten Halle, seine Gesetze aber,
die auch Pisistratos wenigstens der Form nach bei-
behielt, wurden im Prytaneion, dem Stadthause Athens,
aufbewahrt. —

Die Gedichte Solon's, von welchen die elegischen
allein 5000 Verse gezählt haben sollen, sind leider zum
grössten Theil verloren gegangen. Gleichwohl reichen
die wenigen Bruchstücke, welche wir noch besitzen, hin,
die grosse Formvollendung derselben zu erkennen, so
wie darin der edle, milde und menschenfreundliche
Charakter des grossen Mannes sich vollständig abspiegelt.
Die Alten ehrten ihn darum insbesondere auch dadurch,
dass sie ihn der Zahl der sieben Weisen einreihten und
ihm jenen ihn auf's Treffendste bezeichnenden weisen
Lebensspruch: „Nichts zu sehr!" beilegten, welcher, wie
die Sprüche der übrigen Weisen, im Eingange des
delphischen Tempels eingeschrieben war. — Seine Gedichte zerfallen in: I. Elegien. Dahin gehören:
1. das ursprünglich aus 100 Versen bestehende Gedicht
Salamis, Bruchst. 1; 2. Lehrgedichte an die Athener,

Bruchst. 2—10, von welchen das grosse Bruchstück 2 wohl in die Zeit vor seinem Auftreten als Gezetzgeber zu setzen ist; 3. Lehrgedichte an sich selbst — Bruchstück 11—16; 3. an Philokypros (über ihn siehe oben Seite 14) — Bruchstück 17; 5. an den Dichter Mimnermos aus Kolophon — Bruchstück 18; 6. an Kritias, einen Freund und Verwandten Solon's, dessen Familie auch von Anakreon und vielen andern Dichtern verherrlicht worden war — Bruchstück 19; und endlich 7. noch eine Anzahl elegischer Stücke verschiedenen Inhalts — Bruchstück 20—26, von welchen die Elegie über die menschlichen Stufenalter, Nr. 24, vollständig erhalten ist. II. Epische Dichtung. In dieser soll er seine Gesetze niedergeschrieben haben, ob sämmtliche, oder wahrscheinlicher nur Grundgedanken, leitende Gesichtspunkte, ist nicht ausgemacht. Wir besitzen nur noch zwei Anfangsverse — Bruchst. 27. — Ferner soll er in seinem höchsten Alter in dieser Dichtungsart auch ein grösseres episches Gedicht, Atlantis, das Platon im Timäos und Kritias erwähnt, verfasst haben; von demselben ist jedoch nichts mehr übrig. Den Stoff hiezu habe Solon während seines Aufenthalts in Aegypten bei den dortigen Priestern geschöpft Atlantis war hiernach eine fabelhafte Insel im atlantischen Ocean, deren Könige vor Jahrtausenden Eroberungszüge machten, bis sie von den Athenern überwunden worden seien. Das Gedicht, in welchem der greise Dichter wohl den Ruhm seiner Vaterstadt in der Urzeit verherrlichen wollte, ist durch seinen Tod unvollendet geblieben. III. Trochäen an Phokos, deren Inhalt oben mehrfach berührt worden. Ueber die Person des Phokos ist übrigens nichts weiter bekannt, Bruchst. 28—31. IV. Iamben: sie beziehen sich auf seine Staatseinrichtungen, Bruchst. 32 und 33. In den folgenden — Bruchst. 34 und 35 — scheint der Dichter

im Hinblick auf die socialen Missstände das üppige
Mahl der Reichen, das dürftige der Armen, wohl nicht
ohne politische Absichten, geschildert zu haben. V.
Endlich besitzen wir in l y r i s c h e r Poesie noch ein
hübsches S k o l i o n — Trinkspruch — dessen Inhalt
gleichfalls politischer Tendenz (vielleicht im Hinblick auf
den schlauen, schmeichelnden Pisistratos) gewesen zu
sein scheint, Nr. 36. —

Erhalten wurden uns diese Bruchstücke durch:
Plutarchos (1, V. 1—4; — 3, 4; 5, 10, 13, 17, 21, 22,
23, 25, 27—30), Diogenes La. (1, V. 3—6; 7, 9, 18,
V. 1—4; 36), Demosthenes (2), Clemens Al. (6, 14, 15,
24), Diodoros Sic. (8), Stobäos (11, 12), Platon (16, 19,
20), Philon (24), Schol. Plat. (26), Aristides (31, 32, 33),
Athenäos (34), Pollux (35, V. 1, 2), Phrynichos (35,
V. 3).

I. Kallinos.

~~~~~~~~

1.

Wie lang säumet ihr noch? wann fasset ein muthiges Herz ihr,
    Jünglinge? schämet ihr nicht vor den Umwohnenden euch,
Dass ihr erschlaffet so sehr? im Frieden vermeint ihr zu sitzen,
    Und doch schwebet der Krieg über dem Lande gesammt.

(* — — — - — — — — — — — — —

5.   Selbst im Sterben annoch werf er das letzte Geschoss.
Ruhmvoll ist es ja doch für den Mann und herrlich zu kämpfen
    Um sein heimisches Land, Kinder und eh'liches Weib
Gegen den Feind; erst dann wird der Tod nah'n, wann ihn die Moiren
    Einst zuspinnen, drum schreit' muthig entgegen der Mann,
10. Hochaufhebend den Speer und das Herz sich bergend, das muth'ge,
    Unter dem Schilde, sobald tobet des Kampfes Gemeng.
Denn nicht ist es dem Manne bestimmt, zu entrinnen dem Tode,
    Wenn er der Sprössling selbst ewiger Ahnen auch wär'.
Flüchtig entrann aus Feindesgetös und der Speere Gerassel
15.   Oftmals Einer, doch traf Todesgeschick ihn zu Haus;

————————

(* Eingeschalteter Vers von J. Camerarius:
    Wohl drum lege den Schild zum feindlichen Kampfe der Mann an.

2*

Aber durchaus nicht lieb, noch ersehnt ist Solcher dem Volke;
    Jenen beseufzet jedoch Klein und auch Gross, wenn er fiel.
Sämmtliches Volk ja verlangt nach dem muthigen Helden im Tode,
    Doch Halbgöttern an Ehr' gleicht er, dieweilen er lebt;
20. Denn als wär' er ein Thurm, so schau'n sie auf ihn mit den Augen,
    Er vollbringt ja allein, was sich für Viele geziemt.

2.

An Zeus.

Smyrna's*) Bürger erbarm' dich — — — — — — — —
    Wenn Stierlenden sie einst, schöne, dir brachten, gedenk's.

3.

Nunmehr rücket heran der gewalt'gen Kimmerier Heerschaar.

4.

Führer der Trerischen Männer.

---

* Beiname der Stadt Ephesos, den sie nach Strabon von einer Amazone dieses Namens erhalten haben soll; nachher sei derselbe auf die nördlich von Ephesos gegründete Kolonie übergegangen.

II. Tyrtaeos.

I. Staatsverfassung.

1.

Kronos' Sohn, der Vermählte der schönumkränzeten Hera,
    Zeus hat Herakles' Geschlecht selber die Stadt hier verlieh'n,
Als wir mit ihnen verlassen Erineos'*) luftige Höhe,
    Kamen zu Pelops' wir räumiger Insel herab.

2.

Geldgier ist's, die Sparta zerstört, kein Anderes weiter.
— — — — — — — — — — — — —
Also der Spruch, den aus reichem Adyt Apollon ertheilet,
    Herrscher mit Silbergeschoss, Treffer, mit goldnem Gelock.

3.**)

Als sie den Phöbos gehört, von Python brachten des Gottes
    Weissagworte sie heim und den untrüglichen Spruch:

(* Erineos, eine der vier dorischen Städte am Oeta, von wo um das Jahr 1104 die dorische Wanderung, die Rückkehr der Nachkommen des Herakles, in den Peloponnes ausging.

(** Antwort des delphischen Orakels, als Polydoros und Theopompos gegen Neuerungsversuche an der lykurgischen Verfassung dasselbe befragen liessen (Plut. Lyk. 6); vielleicht gehört auch Nr. 2 hierher.

Göttergeehreten Fürsten geziemt's, im Rathe zu herrschen,
    Die um die theuere Stadt Sparta mit Sorge bedacht,
5. Und den bejahreten Greisen; doch sollen die Männer des Volkes,
    Mit aufrichtigem Spruch führend das wechselnde Wort,
Künden das Schöne zugleich, vollziehn auch alles Gerechte,
    Und nie sinnen der Stadt einen [gekrümmeten*] Rath;
Dann wird Sieg und Stärke zugleich nachfolgen dem Volkshauf.
10.   Solches hat über sie All' Phöbos verkündet der Stadt.

4.

Unserem König vordem, den die Götter geliebt, Theopompos,
    Ihm, durch den wir erlangt breiter Messene Besitz;
Gut ist aber zu pflügen und gut zu bepflanzen Messene.
    Neunzehn Jahre darob führten in einem sie fort
5. Unaufhörlich den Kampf mit kühnausharrendem Sinne,
    Speerkampfs kundige Schaar, Väter der Väter von uns;
Aber im zwanzigsten Jahre verlassend die fetten Gefilde
    Floh'n aus Ithome's Gebirg Jene, dem hohen, hinweg.

5.

Gleichwie Esel gequält unter der Lasten Gewicht
Bringen den Herren sie**) dar, von bitterem Zwange bewältigt,
    Halb den Ertrag von der Frucht, welche der Acker erzeugt.

6.***)

Wehklag' über die Herrscher erheben die Weiber und sie selbst,
    Wann das verderbliche Loos Einen des Todes betraf.

(* Nach der Lücken-Conjectur Bach's: σχολιόν.

(** d. h. die besiegten Messenier den Spartanern.

(*** Entweder eine Klage der Spartaner, die in den messenischen Kriegen selbst auch schwere Verluste erlitten hatten (Paus. IV., 14, 3); oder wahrscheinlicher, zum vorigen Bruchstück gehörend, Klage der in den leibeigenen Helotenstand herabgedrückten Messenier, welche beim Tode eines Königs und der vorzüglichsten Personen als Leidtragende in Sparta erscheinen mussten. Vgl. Grote I., S. 732.

II. Lehrgedichte.

7.

Schön ist's traun, im vordersten Glied hinsinkend zu sterben,
　　Als kampfmuthiger Mann streitend um's heimische Land.
Aber der Heimath Stadt und die fetten Gefilde verlassend
　　Bettelergaben erfleh'n, dies ist das kläglichste Loos,
5.　Irrend mit theuerer Mutter umher und gealtertem Vater
　　Und mit der Kindlein Schaar und dem geehlichten Weib.
Denn er erscheint ein Gehasster für die, zu welchen er wandert,
　　Folgend der Armuth Drang und der entsetzlichen Noth,
Schändet das eig'ne Geschlecht und entehret die herrliche Bildung,
10.　Jeglicher Schimpf folgt ihm, jegliches Uebel ihm nach.
Wenn für den fremdumirrenden Mann drum keine Beachtung,
　　Ehrfurcht nicht und nicht Scheu, nicht ein Erbarmen
　　　　　　　　　sich zeigt,
Lasst uns kämpfen mit Muth für das Land hier, und für die
　　　　　　　　　Kinder
　　Lasset uns sterben und nie schonen des eigenen Seins.
15.　Drum, o Jünglinge, kämpft ausharrend einander zur Seite,
　　Weder zu schimpflicher Flucht wendet euch hin, noch
　　　　　　　　　zu Furcht;
Nein, hoch hebt und muthig den Sinn in euerer Seele,
　　Liebet das Leben doch nicht, gilt es mit Männern den
　　　　　　　　　Kampf;
Aber der Aelteren Schaar, die nicht mehr leichteren Kniees,
20.　Lasset in flüchtigem Lauf nimmer die Greise zurück.
Denn gar schimpflich ist dies, wenn gefallen im vordersten Treffen
　　Weit vor der jüngeren Schaar lieget der ältere Mann,
Dem weisslockig das Haupt schon ist und ergrauet das Barthaar,
　　Der aushauchet im Staub dorten sein muthiges Herz,
25.　Während die blutige Scham er deckt mit den sorglichen Händen —
　　Schmählicher Anblick dies, Aerger den Augen zu schau'n —
Und den entblösseten Leib; doch all dies ziemet dem Jüngling,
　　Weil noch herrliche Blüth' lieblicher Jugend ihn ziert;
Männern bewunderungswerth, liebreizend den Weibern zu schauen
30.　Ist er im Leben und schön, fiel er im vordersten Glied.
Weit ausschreitend darum und gestemmet mit beiden den Füssen
　　Steh' auf dem Boden er fest, beissend die Lipp' mit dem Zahn.

8.

Auf denn! ihr seid vom Geschlecht ja des unüberwund'nen
Herakles,
Muthig! noch nie hat Zeus seitlich den Nacken gewandt.
Aengstet euch nicht und gerathet in Furcht ob der Menge
der Feinde,
Grad auf die vorderste Schaar halte der Mann nur den Schild,
5. Feind soll das Leben ihm sein, doch die schwarzen Geschicke
des Todes
Unter den Strahlen der Sonn' seien ihm Freunde genannt.
Kennt ja die tilgenden Werke des vielumweineten Ares,
Wohl auch ist euch bekannt schrecklichen Krieges Getob,
Habt an Flüchtigen es und Verfolgenden auch es verkostet,
10.   Jünglinge, Beides zumal triebet zur Sättigung ihr.
Denn die kühn es gewagt, ausharrend einander zur Seite
Zum Nahkampfe zu zieh'n gegen das vorderste Glied,
Minder betrifft sie der Tod, und sie retten im Rücken die
Volksschaar;
Bebenden Männern jedoch jegliche Tugend entschwand.
15. Keiner wohl käme zu End', der all dies wollte verkünden,
Welcherlei Uebel den Mann treffen, der schmählich erlag.
Schmachvoll ist's ja fürwahr, wenn von hinten der Rücken
gespalten
Einem entfliehenden Mann mitten im feindlichen Kampf;
Schandebedeckt ist der Leichnam dess, der gebettet im Staube,
20.   Weil von hinten des Speers Spitze den Rücken durchbohrt.
Weit ausschreitend darum und gestemmet mit beiden den Füssen
Steh' auf dem Boden er fest, beissend die Lipp' mit dem
Zahn;
Aber die Hüften und Beine hinab und die Brust und die Schultern
Decke des mächtigen Schilds Wölbung beschirmend ihm zu.
25. Und das gewaltige Schwert soll erfasst mit der Rechten er
schwingen,
Hoch ihm über dem Haupt wehe der schreckliche Busch.
Wer um gewaltige Thaten sich müht, muss lernen das Kriegswerk,
Darf mit dem Schilde nicht steh'n aus der Geschosse Bereich;
Nein, ganz nah tret' solcher heran und verwundend mit mächt'gem
30.   Kampfspeer oder . dem Schwert fass' er den feindlichen
Mann.

Fuss an Fuss hinstellend und Schild' an Schilde gedränget,
  Oben den Busch an Busch, Helm an den Helm auch
    gereiht,
Brust an Brust ihm genaht, so soll mit dem Gegner er kämpfen,
  Fassend den Schwertgriff fest oder den mächtigen Speer.
Doch ihr leichtergerüstete Schaar*), der hier und der dorten
  Unter dem Schilde geduckt, schleudert mit schwerem
    Gestein,
Und zum Wurf holt aus auf sie selbst mit geglätteten Speeren,
  Nah euch. stellend hinan zu der gepanzerten Schaar.

9.

Nimmer des Mannes gedächt' ich wohl, noch achtet' ich seiner,
  Sei's um der Füsse Geschick, oder der Ringenden Kunst,
Auch nicht, wenn er besässe den Wuchs und die Kraft der
    Kyklopen,
  Ueber den Thrakier auch, Boreas, sieget' im Lauf,
5. Auch nicht, wenn an Gestalt er reizender wär', als Tithonos,
  Reicher als Midas selbst, reicher als Kinyras auch,
Noch, wenn er fürstlicher wär' als Pelops, Tantalos' Sohn, auch,
  Wenn süssredende Zung' er von Adrastos auch hätt',
Noch wenn jeglichen Ruhm er besäss', doch stürmische Kraft
    nicht, —
10. Denn ein wackerer Mann wird er im Kampfe nicht sein,
  Wenn er nicht es vermag zu erschauen das blut'ge Gemetzel,
    Nah zu den Feinden hinan nicht er zu treten begehrt.
Solch ein tapferer Muth, der Kampfpreis, unter den Menschen
  Wird er als bester und auch schönster dem Jüngling zu
    Theil.
15. Aber gemeinsam ist dies Glück für die Stadt und das Volk all,
  Wenn ausschreitend ein Mann harret im vordersten Glied
Unablässig und ganz schimpflichen Fliehens vergisst,
  Weil er das Leben daran setzt und beharrlichen Sinn,
Und zur Seite gestellt mit Worten ermuthigt den Nächsten;
20. Der wird ein wackerer Mann sein im Getümmel der
    Schlacht.

(* Die Heloten dienten gewöhnlich als leichtbewaffnete Truppen.

Sturmschnell wendet zur Flucht er die tobenden Reihen der
Feinde,
Und in tapferem Müh'n hemmt er die Woge der Schlacht,
Doch fiel Einer im vordersten Glied und verlor er das theure
Leben, der Stadt und dem Volk und dem Erzeuger
zur Ehr',
25. Weil vornher durch die Brust und durch den gebuckelten
Schlachtschild
Und durch das Panzergewand reichliche Wunden er trägt,
Ihn umjammert der Jünglinge Schaar und der Greise zugleich
auch,
Lastender Sehnsucht Schmerz trübet die sämmtliche Stadt;
Und sein Grab und die Kinder sind hoch bei den Menschen
geehrt ihm,
30. Kinder der Kinder sowohl, als auch das künft'ge Geschlecht.
Nimmer vergeht dess herrlicher Ruhm und nimmer sein Name,
Nein, unsterblich ist er, ob er auch unter der Erd',
Wer vorragt und getreu ausharrt im Kampf um die Heimath
Und um die Kinder, bis ihn Ares, der Stürmer, entrafft.
35. Aber entging er dem Loose des langhinbettenden Todes,
Kleidet der Speerkampf ihn siegend mit herrlichem Ruhm,
Hoch dann ehren ihn Alle, die Jungen sowohl als die Alten,
Und nach Freuden in Füll' kommt er in Hades' Bereich;
Strahlet ein Greis vor den Bürgern hervor und Keiner gedenket,
40. Weder die Achtung ihm, noch ihm das Recht zu entzieh'n,
Und es erheben vom Platz sich Alle vor ihm auf den Sitzen,
Gleichwie die Jungen gesammt, so auch das ält're
Geschlecht.
Nunmehr strebe der Mann, zur Höhe so herrlicher Tugend
Muthigen Sinnes zu nah'n, nimmer erschlaffend im Kampf.

10.

Bergend des funkelnden Leu'n kampfmuthiges Herz sich im
Busen.

11.

Eh' er dem Ziele des Ruhms oder des Todes genaht.

III. Schlachtgesänge.

12.

Nun wohlan, mannblühender Sparta
Ihr Jünglinge, Söhne der Bürger,
Werft vor mit der Linken den Schildrand,
Und muthvoll schwinget den Schlachtspeer,*)
Nicht schonet verzagend des Lebens;
Nicht ist ja dies heimisch in Sparta!

13.**)

O Sparta's gerüstete Jünglingsschaar, nun wohlan in's Getümmel
des Ares!

(* Nach Bergk's Conjectur:
    Und den Speer muthvoll mit der Rechten.

(** Bei Hephaestion ohne Angabe des Dichters, höchst wahrscheinlich aber ein
    tyrtäischer Vers. —

III. Solon.

~~~~~~~~

I. Elegische Dichtung.

Salamis.

1.

Selber als Herold komm' ich von Salamis' lieblichem Eiland,
    Breitend der Worte Gepräng' aus, statt der Rede das Lied.

— — — — — — — — — — — — — — — — —

Wär' ich fürwahr dann doch Pholegandrier oder Sikiner*),
    Nicht ein athenischer Mann, Salamismüden Geschlechts!**)

— — — — — — — — — — — — — — — — —

Zieh'n wir nach Salamis hin zum Kampf um die liebliche Insel,
    Dass wir wieder von uns wälzen die lastende Schmach! —

(* Pholegandros und Sikinos, zwei der kleinsten Inseln der Kykladengruppe.
Sinn: Lieber möchte ich Angesichts solcher Schmach Bürger der unbe-
deutendsten Insel sein. —

(** τῶν Σαλαμιναφετῶν eig.: Derer, die Salamis fahren lassen,
d. h. am Erfolg verzweifelnd es aus Schwäche und Ueberdruss aufgeben;
(vergl. unser „Europamüder").

Lehrgedichte an die Athener.

2.

Unsere Stadt wird nach Zeus' Verhängniss nimmer zu Grund
geh'n,
    Nicht nach der seligen auch, ewigen Götter Beschluss.
Denn solch herrlich gemuthete Schirmerin, mächtigen Vaters,
    Pallas Athene selbst breitet die Hände darauf.
5. Doch sie selber, die Bürger, sie wollen in Sinnesbethörung
    Stürzen die mächtige Stadt, fröhnend dem reichen Besitz,
Frevelndes Sinnen der Führer des Volks auch, welchen beschieden,
    Ob unmässigem Stolz reichliches Leid zu besteh'n;
Nicht ja können sie tragen die Fülle des Glückes, bezähmen
10.   Herrschenden Frohsinns Macht nicht bei der Ruhe des
Mahls.
[Geldesgewinn, rechtloser Genuss selbst ist ihr Begehren],
    Und unrechtlichem Thun trauend bereichern sie sich.

— — — — — — — — — — — — — — — —

    Weder ein heiliges Gut, noch auch des Staates Besitz
Schonend, mit räub'rischer Hand entwenden sie daher und dorther
15.   Und nicht scheuen sie mehr Dike's erhab'nes Gesetz,
Die erst schweigend vernahm, was jetzt, was früher geschehen,
    Doch mit der kommenden Zeit sicher als Rächerin naht.
Schon droht sämmtlicher Stadt unentrinnbar solche Verwundung:
    Bitterer Knechtschaft fällt eiligen Schritts sie anheim,
20. Da sie geweckt einheimischen Aufruhr, schlafenden Krieg auf.
    Der gar Vielen an Zahl liebliche Jugend verdarb.
Denn von feindlichen Männern wird rasch ja die Vielen geliebte
    Stadt in Gefechten verheert, welche nur Frevlern erwünscht.
Also schaltet jedoch und waltet im Volke das Unglück:
25.   Dürftiger werden genug fort in die Fremde geführt,
Und als Sklaven verkauft und mit schmählichen Banden gefesselt,
    Tragen der Knechtschaft sie bittere Leiden mit Zwang.
So kehrt ein in jegliches Haus das gemeinsame Unheil,
    Vorhofs Thüren sogar halten es nimmer zurück.
30. Ueber erhabenen Zaun hinüber auch springt es und findet
    Sicher, wenn Einer gefloh'n, ihn in dem tiefsten Gemach.

Solches gebeut mir der Geist, dem athenischen Volke zu lehren,
    Wie viel Leiden der Stadt schlechte Verfassung erzeugt.
Gute Verfassung jedoch zeigt Alles gefügt und geordnet,
35.   Und legt fesselndes Band frevelnden Menschen oft an,
Glättet was rauh, hemmt Uebergenuss und verdunkelt den
                          Hochmuth,
Unheils Blüthen jedoch machet sie sprossend schon welk,
Lenket in grades Geleis die gekrümmeten Rechte und mildert
    Thaten, die allzu stolz, hemmet der Spaltung Getrieb,
40. Hemmet den Groll auch lästiger Streitsucht; so ist durch jene
    Unter dem Menschengeschlecht Alles gefügt und bedacht.

3.

So viel gab ich an Macht ja dem Volk, wie viel ihm gebühret,
    Nahm an Ehren ihm nichts, bot ihm auch weitere nicht dar.
Doch die besassen Gewalt und durch Reichthum waren geehret,
    Ihnen auch dacht' ich es zu, Schmähliches nicht zu besteh'n.
5. Also stand mit mächtigem Schild ich, beide beschützend,
    Und liess wider das Recht keinem der beiden den Sieg.

4.

Also folget das Volk wohl am besten der Leitung der Führer,
    Wenn es zu sehr nicht gelöst, wenn es zu sehr nicht
                        gedrückt.

5.

Bei hochstrebender That Allen gefallen ist schwer.

6.

Ja es gebiert, folgt reichliches Glück nach, Fülle den Frevel.

7.

Kund fürwahr thut baldige Frist mein Rasen den Bürgern,
    Kund, wenn die Wahrheit selbst tritt in die Mitte herein.

8.

Aus dem Gewölk strömt nieder die Fülle des Schneees und
Hagels,
Und aus leuchtendem Blitz gehet der Donner hervor,
Aber durch Grosse gestürzt wird ein Staat; doch in des
Gewaltherrn
Knechtschaft fiel nur ein Volk, welches verblendeten
Sinns;
5. Wen masslos es erhob, nicht leicht ist es, selbigen fürder
Niederzuhalten, drum sei's jetzt schon auf Alles bedacht.

9.

Wenn ihr Herbes erduldet durch euere eigne Verderbtheit,
Nimmer die Schuld daran wälzet den Göttern doch zu.
Habt ihr ja selbst sie*) gestärkt, habt schützende Wache
gegeben,
Darum traget ihr auch bitteres Sklavengeschick.
5. Jeglicher schreitet einher von euch in den Spuren des Fuchses,
Doch in euch Allen zumal wohnet ein lockerer Sinn;
Denn ihr seht auf die Zung', auf die flimmernden Worte des
Mannes,
Aber die werdende That schauet mit nichten ihr an.

10.

Auf wird gepeitscht von den Winden das Meer; doch reget
dasselbe
Niemand stürmisch empor, ist es vor Allem gerecht.

_____

(* Den Pisistratos und seine Partei; vgl. Einleitung S. 15.

Lehrgedichte des Dichters an sich selbst.

11.

Ihr Mnemosyne's und Zeus' des Olympiers strahlende Kinder,
 Musen von Pieris' Land, höret mich Flehenden an!
Glück bei den seligen Göttern verleiht mir, und bei den Menschen
 Allen gesammt fortan biederen Ruhm zu empfahn;
5. Gleich willkommen den Freunden zu sein, als bitter den Feinden,
 Selbigen achtungswerth, diesen gefürchtet zu schau'n.
Wohl auch wünsch' ich mir Schätze; doch rechtlos ihrer geniessen,
 Nimmer begehret' ich dies; späte noch Dike sich naht.
Reichthum, welchen die Götter verleih'n, verbleibet dem Manne
10. Fest vom untersten Grund bis zu dem Gipfel hinan;
Doch wen Menschen erheben, in frevelem Sinn nach Gebühr
   nicht
 Wandelt ein Solcher, vielmehr schändlicher Thaten Geheiss
Folget er unwillkürlich und einet sich rasch mit dem Unheil;
 Gleichwie aus winziger Flamm' gehet hervor sein Beginn,
15. Ganz unscheinbar ist er zuerst, doch endet er schmerzvoll.
Denn nicht lange besteht Sterblicher freveles Thun;
Zeus überschaut ja das Ende von jeglichem Ding, und so plötzlich
 Gleichwie ein Frühlingssturm reissend die Wolken zerstreut,
Wann er den Grund aufwühlt des verödeten, wogengepeitschten
20. Meeres und über der Erd' weizengesegneter Fläch'
Herrliche Werke vertilgt und der Götter erhabenem Sitz naht,
 Himmelempor, und lässt Heitere wieder uns schau'n,
Ueber das fette Gefild strahlt Helios' herrliche Kraft hin,
 Doch von dem Wolkengewog nimmer ist was zu erschau'n:
10. Also schaltet die Rache des Zeus; doch nicht um ein jedes
 Gleichwie ein sterblicher Mann zeiget er jäh sich ergrimmt.
Nimmer jedoch entgehet durchaus ihm, wessen Gemüthe
 Frevelgesinnet, fürwahr Solcher ward endlich enthüllt.
Aber sogleich hat der Eine gebüsst und später der Andre;
30. Flohen sie selbst und erfasst nahende Moira sie nicht,
Später doch kam sie gewiss, und schuldlos büssen die Thaten
 Seien die Kinder es nun, oder das künft'ge Geschlecht.
So sind All wir gesinnt, wir Sterblichen, gute wie schlechte:
 Viel Selbstdünkel umfängt jeglichen Menschen zuvor,

35. Eh' er noch Schlimmes erfuhr, doch alsdann klagt er. Bis dahin
  Freuen mit gaffendem Mund nichtiger Hoffnung wir uns.
Wer drum wurde gebeugt von der Last schwerdrückender
      Krankheit,
  Wie er gesunde, dahin hat er sein Sinnen gewandt.
Jener, ein Feigling zwar, er dünket ein wackerer Mann sich,
40. Schön dünkt der sich zu sein, welcher unholder Gestalt.
Aber wer hablos ist, wen drängen die Mühen der Armuth,
  Er hat, so dünket ihm selbst, reichlichster Schätze Besitz.
Fort eilt Jeglicher anderswohin; der irret durch's Meer hin,
  Reich mit beladenem Schiff strebend nach Hause zu zieh'n,
45. Durch fischreiches Gewässer, von lästigen Stürmen getragen,
  Hat um sein Dasein er jeglicher Schonung nicht Acht.
Jener durchfurcht Jahr ein, Jahr aus baumreiches Gefilde
  Und dient dem, der sich nährt mit dem gebogenen Pflug.
In kunstreicher Athene Werk und Hephästos' geübet
50. Sammelt der Eine für sich Lebensbedarf mit der Hand,
Aber ein Andrer belehrt in den Gaben olympischer Musen,
  Welcher das richtige Mass herrlicher Weisheit erkannt.
Den hat zum Seher bestimmt ferntreffender Herrscher Apollon,
  Und auf den Mann fernher kommendes Uebel erkennt
55. Wem sich zur Seite die Götter gestellt; doch Geschickes
      Verhängniss
  Wendet kein Vogel fürwahr, wenden auch Opfer nicht ab.
Andre besitzen die Kunst heilmittelerfahrenen Päon's,
  Aerzte sind sie, doch auch sie reichen zum Ziel nicht hinan.
Oftmals kommt aus winzigem Weh ein heftiges Leiden,
60. Keiner doch heilt es, ob auch lindernde Mittel er gab.
Jenen jedoch, der behaftet mit schlimmen und schweren
      Gebrechen,
  Macht mit berührender Hand plötzlich er wieder gesund.*)
Böses und Gutes verhängt traun! über die Sterblichen Moira,
  Und abweislich ist nicht ewiger Götter Geschenk.
65. Wahrlich! Gefahr ist bei jeglichem Werk, und Keiner auch
      weiss es,
  Wie, wann begonnen ein Ding, fürder es endigen wird.

(* Offenbar vom thierischen Magnetismus zu verstehen; Vgl. Brunck's Po. Gnom.
  und Bach's digressio zu dieser Stelle.

3

Strebte doch dieser danach, wohlthätig*) zu wirken, und stürzte
    Nichts vorahnend in Leid, grosses und schweres zumal.
Jenem jedoch, der schlecht*) nur wirkt, ihm bietet in Allem
70.   Gutes Gedeihen ein Gott, Rettung bethöreten Sinns.
Doch es besteht kein Reichthumsziel lautkundig den Menschen,
    Denn die jetzt im Besitz reichlichsten Lebensbedarfs,
Doppeltem jagen sie nach; wer sättigt' wohl Alle zusammen?
    Sterblichen reichen Gewinn gaben Unsterbliche traun,
75.   Unheil aber erscheinet durch sie selbst, welches, wann Zeus es
    Rächend herniedergesandt, diesen bald trifft und bald den.

12.

Nicht glückselig ist Einer der Irdischen, sondern an Mühsal
Reich sind Alle, so viel Sterbliche Helios schaut.

13.

Ja, viel Schlechte sind reich, und es darben der Guten gar
    Viele;
    Doch bei Jenen gleichwohl tauschten wir nimmer uns ein
Reichthum gegen die Tugend; denn fest steht diese für immer,
    Aber der Schätze Besitz theilet bald dieser, bald der.

14.

Schwer überaus doch ist's, zu erkennen urtheilender Einsicht
Dunkeles Mass, das allein Allem Gedeihen verleiht.

15.

Ganz umhüllt ist dem Menschengeschlecht der Unsterblichen
    Rathschluss.

(* Das $\varepsilon \tilde{v}$ ἔρδειν an der ersten, κακῶς ἔρδοντι an der zweiten Stelle
zogen wir schon als Lesart der Cdd. der Umstellung und den manchfachen
Abänderungen vor. Auch passt der Sinn dieses Paradoxon vollkommen
zu V. 65, was Buch bestreitet; gerade dieses Gedicht bewegt sich vielfach
in solchen Gegensätzen.

16.

Während ich Vieles erlern', altere stets ich zugleich.

An Philokypros.*)

17.

Der du lange bereits hier über die Solier herrschest,
    Wohn' nun in d e r Stadt d u fürder und euer Geschlecht.
Aber mit eiligem Schiffe gewähr' von der herrlichen Insel
    Kypris, veilchenbekränzt, mir nun ein sicher Geleit.
5. Doch ob der Stadtansiedlung hier schenk' Huld sie und edlen
    Ruhm mir und Rückkehr auch hin in mein heimisches Land.

An Mimnermos.**)

18.

Liehest du jetzt nur einmal mir Gehör, nimm dieses heraus doch,
    Und nicht zürne, dass ich bessres ersonnen, als du,
Aendere, lieblicher Sänger, nur dies, und singe drum also:
    „Erst im achtzigsten Jahr treff' ihn des Todes Geschick!"

— — — — — — — — — — — — — — —

5. Und nicht komme der Tod mir klaglos, sondern den Freunden
    Liess ich gestorben wohl gern Schmerzen und Seufzer zurück.

An Kritias.

19.

Kunde dem Kritias feuergelockt, vom Vater zu hören;
    Thörichtem Führer ja leiht nimmer er willig Gehör.

(* Zu diesem und den nächstfolgenden Bruchstücken s. Einleitung S. 14 und 17.
(** Eine Entgegnung auf dessen Distichon:
    Möchte von Krankheit frei und frei von lästigen Sorgen
      Ihn im sechzigsten Jahr treffen des Todes Geschick.

20.

Heil, wem theuere Knaben zu Theil, einhufige Rosse,
    Jagdhund' auch und dazu draussen ein gastlicher Freund.

21.

Gleich fürwahr sind an reichem Gewinn, wer Silber in Menge,
    Gold und Fluren besitzt weizengesegneter Erd',
Rosse sowohl als Mäuler, und wem, auch dieses zu Theil nur,
    Dass er an Leib und Hüft' und an den Füssen gesund,
5. Auch wen freuet der Reiz des Geliebten und Weibes; denn
              dies auch
    Nahet heran, mit der Zeit blühender Jugend vereint.
[Solches ist Sterblicher Reichthum allein; mit all den unzähl'gen
    Schätzen zugleich ja gelangt Keiner zum Hades hinab;
Gäb' er ein Lösgeld auch, nicht entränn' er dem Tod, noch
              der Krankheit
10.   Schweren Gebresten, der Pein nahenden Alters auch nicht].

22.

Weil dich Jugend annoch umfängt voll reizender Blüthe,
    Minnest du Knaben, begehrst Hüften und lieblichen Mund.

23.

Kypris' Werke sind jetzt, Dionysos' auch und der Musen
    Lieb mir, welche verleih'n Männern den heiteren Sinn.

24.

Wann unmannbar noch, unmündig ein Knabe, verliert er
    Wieder der Zähne Geheg bis zu dem siebenten Jahr.
Drauf wann weitere sieben der Jahr' ein Gott ihm gewähret,
    Werdender Mannbarkeit zeiget er sprossenden Keim.
5. Und in der dritten der sieben beflaumet bei wachsenden Gliedern
    Zart sich das Kinn, das Gesicht tauschet die Blume sich ein.
Doch in der vierten an Kraft ist weitaus Jeder der Beste,
    Welche für Männer als Mal tapferen Sinnes besteht.

Zeit in der fünften nun wird's, dass der Mann der Vermählung
gedenk sei,
10.   Und ein sprossend Geschlecht fürder von Kindern erstreb'!
Doch in der sechsten bezähmet der Sinn sich des Mannes in
Allem,
Nicht mehr will er zugleich eitele Thaten begeh'n.
Aber in siebenter Sieben erscheint er und in der achten
Bester in Sinn und Red', beider sind vierzehen Jahr'.
15.   Auch in der neunten vermag er's noch, doch milder geworden
Sind zu rühmlicher That Zung' ihm und Weisheit nunmehr.
Wenn mit der zehnten jedoch er das Mass vollendend erreicht hat,
Nicht unzeitig wohl dann trifft ihn des Todes Geschick.

25.*)

An dem Gemünde des Nils nahher von Kanobis' Gestade.

26.

Gar Vieles erdichten die Sänger.

II. Epische Dichtung.

Aus den Gesetzen.

27.

Lasset zuerst uns flehen zu Zeus, dem Kroniden und König,
Günstiges Glück zu gewähren und Ruhm auch diesen Gesetzen.

(* Bruchst. 25 ist entweder auf seinen Aufenthalt in Aegypten nach seiner Gesetzgebung zu beziehen oder vielleicht auch auf einen früheren Aufenthalt
daselbst, etwa in Handelsangelegenheiten, wie das $\varkappa\alpha\grave{\iota}\ \pi\varrho\acute{o}\tau\varepsilon\varrho o\nu$
bei Plut. Sol. c. 26 anzudeuten scheint.

III. Trochäen.

An Phokos.

28.

Wenn das Vaterland jedoch
Ich verschont, Gewaltherrschaft nicht, nicht erbarmungslosen
Zwang
Angetastet, was beflecket und geschändet meinen Ruhm*),
Nicht beschämt mich's, denn ich glaube, dass ich also mehr
obsiegt
5. Allen Menschen . . . .

29.**)

Nicht war Solon tiefer Einsicht, noch ein wohlberath'ner Mann;
Denn das Gute, das ein Gott gab, nahm er selber nicht für sich,
Reichen Fang umgarnt' er ringsum, aber unmuthsvoll nicht zog
Er das grosse Netz heran sich, im Gemüth und Sinn verwirrt;
5. Ich traun wollte, hätt' gesiegt ich und des Reichthums viel erlangt,
Hätt' ich als Tyrann geherrschet einen Tag nur in Athen,
Dann als Schlauch gehäutet werden, wollt' vertilgt auch mein
Geschlecht.

30.***)

Locker war ihr Sinnen damals; doch jetzt schauen sie ergrimmt
Schief mit ihren Augen auf mich, Alle wie auf einen Feind.

31.

Ungehofftes mit den Göttern schuf ich, Andres nicht umsonst
That ich . . . .

(* Plutarchos sagt im Leben Solon's c. 14, es gehe aus diesen Versen hervor, dass
   Solon schon vor der Gesetzgebung grossen Ruhm besessen habe.

(** Worte, die der Dichter einem Andern in den Mund legt, der ihn tadelt, dass
   er die Tyrannis nicht an sich gerissen habe, wie er, der Tadler, an Solon's
   Stelle um jeden Preis gethan haben würde.

(*** Vgl. Einleitung S. 15.

IV. Iamben.

32.

Bezeugen würde dieses vollem Recht gemäss
Des Kronos*) höchste Mutter, aus Olympos' Schaar
Die beste, schwarze Gaea**), der ich einst benahm
Der ringsum aufgepflanzten Schuldnersäulen***) Zahl,
5. Und die zuvor geknechtet, ist nunmehr befreit;
Denn nach der gotterbauten Vaterstadt Athen
Führt' heim ich Viele, die verkauft ob wider Recht,
Ob rechtgemäss, und Andre, die von Noth gedrängt
Weissagten und die Sprache Attika's nicht mehr
10. Entsandten, da umher sie allenthalb geirrt.†)
Doch die dahier der Knechtschaft ungeziemend Loos
Ertragen mussten und vor Herren scheu gebebt,
Zu Freien macht' ich diese. Und mit Siegermacht,
Gewalt und Recht einander eng vereinigend,
15. Trat auf ich und vollbracht' es, so wie ich versprach.
Gesetze schrieb dem Schlechten wie dem Guten ich,
Gerades Recht bescheidend Jedem nach Gebühr.
Doch nahm, wie ich, ein Andrer wohl den Stachel auf,
Ein bösgesinnter und zugleich habsücht'ger Mann,
20. Nicht hätt' das Volk bezähmt er, ausgeruhet nicht,
Bevor aufrührend er vergoss die fette Milch.

(* So nach Clavigerus' Lesart; die der Codd. $\dot{\epsilon}v$ $\delta\dot{\iota}\varkappa\eta$ $\chi\varrho\acute{o}vov$ passt nicht zum
Folgenden; $\chi\varrho\acute{o}vov$ aber ist durch die naheliegende Abänderung des X
in K leicht zu berichtigen.

(** Der Dichter personificirt in feierlicher Sprache die Erde und erhöht so durch
die nun beigemischte religiöse Beziehung seine That.

(*** S. Einleitung S. 14.

(† Allenthalben zogen Gaukler, Zauberer, Wahrsager umher und benützten die
Leichtgläubigkeit des Volkes, um ihre Taschen zu füllen. In Byzanz
machten z. B. derartige Leute gute Geschäfte.

33.

Denn wenn ich gewollt,
Was allen Gegnern*) damals wohl gefallen hätt',
Was auch der Andern Wunsch war, dass ich Zwiespalt schuf,
Wohl vieler Männer wurde diese Stadt beraubt.
5. Drum mischt' aus jedem Theil auch ich die Herrschgewalt
Und wandte wie ein Wolf mich in der Hunde Schaar.

34.**)

Sie trinken und sie essen, Honigkuchen die,
Die Brod allein, und Andre Backwerk untermischt
Mit Linsen; dort jedoch fehlt nichts an Leckerwerk,
Und was den Menschen irgend nur hervorgebracht
Die schwarze Erde, Alles ist in Fülle da.

35.

Die jagen nach dem Mörser, die dem Laserkraut,
Dem Essig die . . . .
 . . . .
Ein Andrer Mistelbeeren und dem Sesam der.

V. Lyrische Dichtung.

Trinkspruch.

36.)

Schau an nur behutsam jeglichen Mann,
Dass nicht verborgenen Dolch in der Brust huldreichen Blickes
                                e r dich anred',
Während die doppelte Zunge ihm hervortönt aus schwarzer Seele.

(* Unter den „Gegnern" ist wohl die Partei der Diakrier, unter den „Andern" die
    der Sedier, also die beiden extremen Parteien, zu verstehen. S. Einleitung
    Seite 12. f.
(** Dass diese Bruchstücke wohl in Beziehung zu den sozialen Verhältnissen stehen,
    ist in der Einleitung gesagt worden. —